folio
junior

Claude Roy

La maison
qui s'envole

Illustrations de Georges Lemoine

GALLIMARD JEUNESSE

Chapitre 1

Où il est question d'une maison
très tranquille qui s'appelle
« Les Glycines » mais qu'on appelle
d'habitude « La Maison »

Il y a des maisons qui ont toujours l'air de vouloir s'envoler. On les a posées là, un peu de travers, au coin de la route, avec leurs fenêtres et leurs portes, et leur petite cheminée qui souffle de toutes ses forces une fumée de toutes les couleurs, grise, bleue, blanche. On les a posées là, mais un coup de vent pourrait les emporter, un coup de vent pourrait venir, un coquin de vent qui sifflote, les mains dans ses poches et – houp ! – il n'y aurait plus de maison au coin de la route. Il y aurait seulement, par-dessus les nuages, une petite maison voltigeante, avec ses portes et ses fenêtres ouvertes sur le soleil, la lune et les étoiles, une petite maison légère qui se promènerait, et la fumée de ses cheminées se mélangerait aux nuages.

Il y a des maisons qui ont toujours l'air de vouloir s'envoler. Ce ne sont pas des maisons sérieuses.

Et puis, il y a des maisons tristes, pesantes, pleines de gravité, de lourdeur, de mélancolie. Le collège par exemple, avec ses murs gris, ses barreaux, son toit d'ardoises sombres, sa méchante cloche réveilleuse. Ah ! pas de danger que le collège s'envole, lui ! Le vent peut souffler, gronder, se démener, danser pendant les nuits d'hiver une sarabande coléreuse : rien à faire. Les murs couleur de chagrin sont solidement enfoncés dans la terre ferme, les barreaux des fenêtres sont cramponnés aux pierres, la cloche ne sonnera qu'au petit jour pour arracher les dormeurs à leurs rêves. On ne risque pas, avec le collège, de se réveiller un beau matin avec les fenêtres ouvertes sur une prairie de gros nuages tout blancs, ronds, cotonneux, où les martins-pêcheurs volent en compagnie des étoiles filantes, et où les cloches, pendant la semaine de Pâques, se promènent, entourées de grands buissons d'hirondelles et de mouettes.

La maison où Hermine, Jules, Éric et Jacques passaient leurs vacances n'était ni une maison trop légère, ni une maison trop sérieuse. C'était une bonne, épaisse et joyeuse grosse maison, une maison bien à l'aise au milieu de son parc et de ses pièces d'eau, et qui n'avait pas du tout envie de s'envoler sans crier gare. Il y avait autour d'elle trop d'oiseaux, trop de fleurs, trop de jets d'eau, d'animaux, d'enfants, de rayons de soleil et de libellules, trop de jeux et de cris pour que ce soit une maison triste. La maison d'Hermine, Jules, Éric et Jacques était une maison heureuse, avec des murs blancs, un toit rouge, des contrevents verts, couverte de lierre du côté du couchant, couverte de glycine du côté du levant, avec des nids de chardonnerets, et des cheminées aussi gaies que celles d'un paquebot transatlantique en route vers le grand large. La maison d'Hermine, Jules, Éric et Jacques était une très agréable maison. Elle s'appelait « Les Glycines », mais les enfants l'appelaient « La Maison ».

Chapitre 2

Où il est question de quatre enfants
nommés respectivement
Hermine, Éric, Jacques et Jules

Les enfants s'appelaient Hermine, Jules, Éric et Jacques. Mais M. et Mme Petit-Minet les appelaient tout simplement : les enfants. Ce qu'on aime bien n'a pas de nom. Les enfants disaient : « La Maison », et ils étaient heureux. Les parents disaient : « Les enfants », et ils étaient très contents. Car c'étaient vraiment de très beaux enfants, quoiqu'un peu désobéissants.

Hermine, qui était l'aînée, avait des cheveux blonds couleur de maïs, tressés en deux grandes nattes. Elle les nouait avec un ruban dont la couleur était différente chaque jour de la semaine : violet, indigo, bleu, vert, jaune, orangé, rouge. Elle avait aussi de grands yeux couleur d'eau froide, des yeux raisonnables et attentifs. Éric, le second, était aussi brun que sa sœur était blonde, aussi bavard qu'elle était calme, aussi malicieux qu'elle était douce. « Cet enfant ne sait pas quoi inventer pour nous faire enrager », disaient les parents. Mais ce n'était pas vrai, car il savait très bien quoi inventer. Il inventait toute la journée, et même en dormant. Jacques l'écoutait inventer des aventures, des mécaniques, des explorations et il gardait la bouche grande-ouverte-toute-ronde, tellement les inventions d'Éric l'étonnaient. D'ailleurs, tout étonnait Jacques. Il ne parlait jamais que pour poser des questions. À force de poser des questions, il aurait dû être savant. Mais comme il oubliait tout de suite ce qu'on lui avait répondu, il était très ignorant. « Si je savais tout, pensait-il, je ne pourrais plus poser de questions. Et c'est tellement agréable d'interroger ! »

Jules ne parlait jamais, et d'ailleurs il n'avait jamais essayé. On l'appelait le petit Jules, ou bien Bébé. Et vraiment il était très petit. Il avait dit un jour : « Papa. » On avait cru qu'il allait se mettre à parler. Mais ç'avait été une fausse alerte. Les parents avaient fait tant d'histoires en annonçant que Bébé parlait, qu'on ne l'y avait pas repris. Il gardait ses pensées pour lui. Comme cela, on ne risque pas d'ennui. Il n'avait pas beaucoup de dents, pas beaucoup de cheveux non plus. Mais il aimait bien ce qu'il avait. Quand on n'est pas très riche, on apprécie mieux ce qu'on a.

Hermine et Éric étaient pensionnaires. Ils arrivaient à la maison tous les ans, le 12 juillet. Grand-père et Nounou gardaient Jacques et le petit Jules. À onze heures on allait à la grille du parc attendre la voiture, qui faisait vers une heure son entrée triomphale. Hermine et Éric étaient couronnés de lauriers en carton, et de gros livres rouges à tranche dorée s'éparpillaient sur leurs genoux. C'étaient les prix qu'ils avaient gagnés. M. et Mme Petit-Minet et Grand-père étaient très fiers de leurs aînés. Jacques se disait que quand il aurait posé toutes les questions qu'il y a à poser dans le monde, on lui donnerait aussi un gros livre rouge et or, avec la réponse à toutes les questions. Le petit Jules ne disait rien, et il montait dans la voiture sur les genoux de son père qui lui chatouillait le menton en s'écriant : « Ah ! guilli, guillou, poupoudrou, papadada. Oh ! le beau petit raminet-ramino-raminagrobis. » C'était sans doute pour lui apprendre à parler le français. La voiture allait s'arrêter devant le perron, où les glycines mauves s'inclinaient vers les enfants pour leur souhaiter, avec leurs couleurs et leurs parfums, de bonnes vacances.

La cloche sonnait. Mais ce n'était pas cette fois-ci pour réveiller les écoliers ou les faire aller en classe. C'était la cloche du parc qui annonçait le premier déjeuner des vacances : poulet rôti, crème au chocolat, et un doigt de vieux vin dans le verre de tous les enfants, à l'exception du petit Jules, mangeur de soupe au lait.

« Les enfants sont là », disait Nounou. « Les enfants sont là », criaient les hirondelles. « Les enfants sont là », miaulait Léonard, le chat. « Les enfants sont là », aboyait Castor, le chien. « Meuh ! Meuh ! », beuglaient les vaches dans les prés. Et cela voulait dire : « Les enfants sont là. »

Et la maison faisait, avec ses tuiles rouges, le gros dos au soleil, en ronronnant, derrière ses persiennes closes contre le soleil du milieu du jour : « Les enfants sont là. Voilà les vacances. » « Les enfants sont là », disait Grand-père. Et il s'endormait.

Chapitre 3

Où il est question des jeux
auxquels les enfants Petit-Minet
emploient leurs vacances

Après le déjeuner, Nounou venait prendre
Jacques pour l'emmener faire sa sieste. Mais le
premier jour des vacances est un grand jour, et
Jacques fut dispensé du sommeil quotidien, obli-
gatoire et – malgré tout – délicieux. Car il est
délicieux d'être enfermé tout seul dans une
grande chambre blanche aux volets clos, où une
mouche égarée fait « bzz… bzzz… », où les draps
blancs sentent la lavande et les prés, où une pendule fait sagement « tic tac », et où le sommeil
vient doucement vous fermer les yeux comme un
papillon qui se pose sur la main.

– Allez jouer, dit Mme Petit-Minet, mais ne
vous mettez pas en nage. Et surtout, ne réveillez
pas Jules !

Les enfants se sauvèrent dans le parc. Hermine et Éric se précipitèrent dans les branches du grand sapin. Jacques avait trop peur. Il resta en bas. Le grand sapin était pourtant bien rassurant, avec ses branches en escalier, son ombrage amical, ses cachettes depuis longtemps explorées, et le sommet vacillant d'où l'on découvre la maison, les bois, les prés, la ferme, tout un monde qu'on voit sans être vu. Mais Jacques avait peur. Il attendait au pied du tronc résineux, et il jouait au petit mousse, celui qui est trop jeune pour monter dans le grand mât, mais assez expérimenté pour tenir la barre.

– Une île déserte à bâbord ! criait Éric.

Et Hermine :

– Un corsaire à tribord !

Un grillon chantait sa petite romance : « Zi-zi, zizz, zizi-zizzz », comme le souffle du large dans la mâture. Et le moussaillon Jacques improvisait une complainte de haute mer qu'il se chantait à lui-même :

Le vent dans les voiles
Souffle et vole et va.
Mille et une étoiles
S'allument là-bas.
N'amasse pas mousse
Tu seras mangé.
Le vent sur la mer
Pleure et vente et vire.
Hermine est dans l'air.

J'entends Jacques rire.
À la courte paille
Tu seras tiré.
Et le petit mousse
Tout seul sur le pont
Sent la brise douce
Caresser son front.
On mangea le plus jeune,
Le mousse au chocolat.

— Capitaine, criait-il ensuite, capitaine, quels sont les ordres ?

Et Éric répondait toujours :

– La barre, toute ! Et tirons-z-à-la-courte-paille !

– Non, non ! hurlait Jacques, qui ne tenait pas du tout à être mangé.

Mais on finissait toujours par tirer-z-à-la-courte-paille, et c'était toujours le mousse qui était mangé. Jacques n'était pas content du tout d'être mangé. Il pleurait, et il fallait qu'Hermine le console, en lui expliquant que ce n'était pas pour de bon, et qu'il ne serait pas vraiment mangé.

– Pourquoi est-ce que je ne serai pas mangé ? disait-il.

– Parce que tu es trop petit. Dans la chanson, c'est le plus jeune qui est mangé. Ce n'est pas toi le plus jeune. C'est Jules.

Alors Jacques pleurait encore :

– Je ne veux pas qu'on mange Jules ! Je ne veux pas qu'on mange Jules !

Mais ce jour-là, il ne fut question de manger personne. Éric cria :

– Navire inconnu à bâbord !

Hermine répéta :

– Navire inconnu en vue !

Et tout fut changé. Éric et sa sœur dégringolèrent quatre à quatre des branches du grand sapin. Un garçon noiraud et déguenillé venait d'apparaître à la grille du parc, et tout l'équipage, le capitaine, le matelot et le mousse se précipitèrent pour l'accueillir.

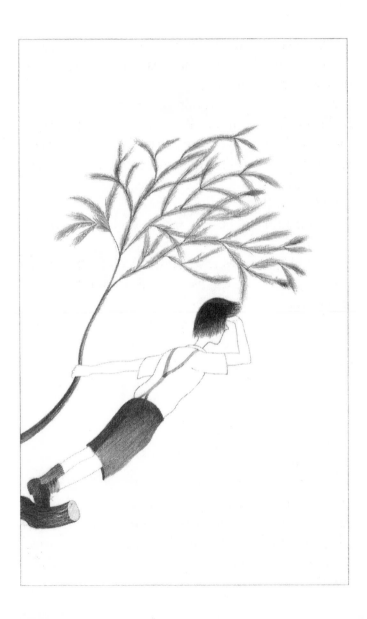

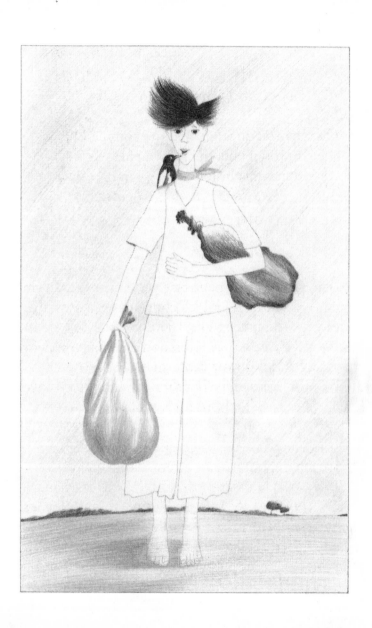

Chapitre 4

Où apparaît un jeune homme nommé Ludovic,
vagabond, qui jouera plus tard
dans cette histoire un rôle important

L'inconnu avait peut-être seize ans. C'était un grand gaillard maigre, les cheveux en broussaille, des yeux sombres et vifs, bruni par le soleil, poussiéreux, les pieds nus. Il tenait d'une main un petit baluchon qui devait renfermer tout son bien et, de l'autre, enveloppé dans un grand foulard rouge délavé et passé, il portait un violon.

– Salut ! dit-il.

Les enfants le dévisagèrent avec surprise.

– Bonjour, monsieur, dirent-ils poliment.

– Est-ce que vos parents sont là ? Je viens demander du travail. Je sais tout faire, rempailler les chaises, rétamer les casseroles, réparer la porcelaine, taper à la machine, jardiner, peindre, coller. Je sais aussi jouer du violon, distraire les grandes et les petites personnes, faire des tours de cartes, de magie noire, de magie blanche, guérir les maux de dents, ramoner les cheminées, danser, jouer la comédie. J'ai beaucoup marché. Il fait très chaud. Je voudrais bien manger et trouver du travail.

– Oh ! monsieur, s'écria Hermine, jouez-nous un petit air sur votre violon !

– Pour vous faire plaisir, je vais vous jouer une valse de Bohême.

Il posa son baluchon, sortit son violon, et en jouant, avança avec les enfants vers la maison. Il penchait la tête sur son violon, et quand il eut préludé, il se fit dans le parc un grand silence. Les oiseaux cessèrent de se chamailler, les grillons s'arrêtèrent de crisser, l'eau des jets d'eau retomba d'elle-même, les gouttes caressèrent sans faire de

bruit la surface des bassins, et les enfants, dans l'allée, marchèrent sur la pointe des pieds.

C'était une musique triste et joyeuse, douce comme la pluie de juin, brillante comme le soleil à son lever, imprévue comme un feu d'artifice, une musique qu'on aurait écoutée pendant des jours et des nuits, sans songer à autre chose, sans s'endormir ni s'éveiller, une musique sauvage et insinuante, bondissante et paisible. Hermine, Éric et Jacques retinrent leur souffle, et sur l'archet du violoneux un rossignol vint se poser.

– Qu'est-ce que c'est ça ?

M. Petit-Minet venait d'apparaître sur le perron de la maison.

Il avait l'air très en colère, et il fronçait les sourcils.

– Éric, Jacques, Hermine, venez ici !

L'inconnu cessa de jouer. Le rossignol s'envola. Le parc entier redevint sonore, bruissant, chantant. Le jeune homme s'avança vers M. Petit-Minet.

– Bonjour, monsieur. Je viens demander du travail et un coin pour dormir. Je sais tout faire, rempailler les chaises, rétamer les casseroles, réparer la porcelaine…

– Vous devez surtout savoir tordre le cou aux poules et faire un mauvais sort aux lapins. Nous n'avons besoin de personne ici. Vous pouvez passer votre chemin.

Le jeune homme devint tout rouge.

– Mais, monsieur… balbutia-t-il.

– Mais, papa… implorèrent les enfants.

– Papa, dit Hermine en se suspendant aux bras de M. Petit-Minet, tu devrais écouter monsieur jouer du violon. Quand on sait si bien jouer du violon, on ne peut pas faire de mal aux poulets ni aux lapins.

– N'insistez pas, reprit M. Petit-Minet, je sais ce que je dis. Et vous, jeune homme, que je ne vous y reprenne plus à vagabonder dans mon parc ! Disparaissez le plus vite possible.

Le jeune homme jeta un regard noir et chargé de colère à celui qui le chassait si brutalement, et disparut sans se retourner.

– Vous, mes enfants, que je ne vous voie plus en train de jouer avec des chemineaux. Sans cela, gare !

Et M. Petit-Minet rentra dans le salon pour terminer son café. Dès qu'il eut disparu, Hermine entraîna Éric et Jacques. Ils coururent jusqu'à la petite porte du parc qui donnait sur la route, et l'ouvrirent. Le vagabond était assis au bord du chemin, sous un grand peuplier. Il avait l'air triste et découragé. Les enfants s'approchèrent doucement de lui.

– Écoutez, monsieur, il ne faut pas vous tourmenter. Éric, va vite chercher quelque chose dans le garde-manger, et fais attention que ni Maria ni Nounou ne te voient. Vous allez déjeuner et vous reposer un petit peu, et vous pourrez ensuite aller à la ferme du père Cassegrain, où l'on a sûrement besoin d'ouvriers.

– Vous êtes de braves enfants, dit le jeune homme, et aussi vrai que je m'appelle Ludovic, je n'oublierai pas ce que vous avez fait pour moi.

Ludovic mangea ce qu'Éric avait rapporté, but un coup à une source, et quand il quitta les enfants, ils étaient devenus les amis du violoneux. Ludovic disparut au bout de la route en leur faisant de grands signes de la main.

Chapitre 5

Comment les enfants furent pris de la passion
de démonter les choses, et commencement
des ennuis qu'ils en éprouvèrent

À quelques jours de là les parents durent s'absenter. Ils avaient été invités par le général Dourakine à passer une semaine dans sa propriété, en compagnie du capitaine Grant, de M. et de Mme Choppart, du capitaine Corcoran et du sapeur Camember.

– Grand-père surveillera les enfants, déclara M. Petit-Minet, et Nounou s'occupera d'eux.

– Parfaitement, dit Grand-père.

Et il s'endormit.

M. et Mme Petit-Minet mirent leurs beaux habits, des gants couleur de beurre frais et de crème Chantilly, et ils dirent aux enfants :

– Surtout, soyez sages. Ne démontez pas la pendule du salon et ne jouez pas avec les allumettes.

– Bien entendu, dirent les enfants qui étaient en train de jouer à l'île déserte.

Et dès que les parents eurent le dos tourné, ils se précipitèrent dans le salon pour démonter la pendule et à la cuisine pour chercher des allumettes.

– C'est une bonne idée qu'ils ont eue là ! On va bien s'amuser en démontant la pendule et en jouant avec les allumettes, disait Éric.

Ces enfants étaient très désobéissants.

Quand la pendule du salon fut démontée, Jacques alla chercher Grand-père et lui demanda pourquoi la pendule ne marchait plus. Grand-père fut très mécontent. Il tira sur sa barbe, s'assit dans un fauteuil et se décida à dire : « Parfaitement. » Puis il se rendormit.

Alors Jacques voulut jouer avec les allumettes et mettre le feu à la barbe de Grand-père pour voir ce qui arriverait.

Mais Hermine lui expliqua que c'était défendu.

– Pourquoi ? dit Jacques.

Et Hermine lui raconta :

L'HISTOIRE DES BARBES DE CIEL

– Il y a deux sortes de barbes. Les barbes ordinaires et les barbes de ciel. Les barbes ordinaires sont des barbes en vrai poil, des barbes qu'il faut peigner, couper, ratisser, des barbes qui peuvent

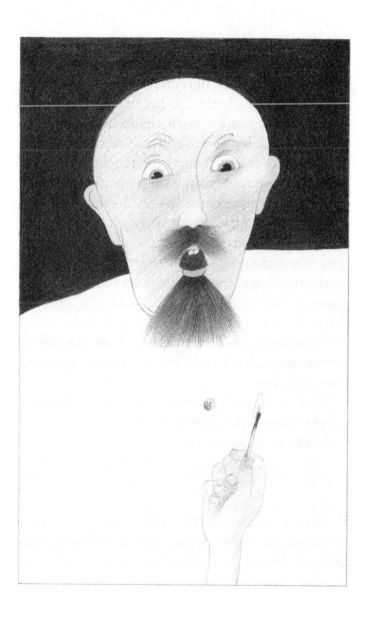

être de toutes les couleurs, brunes, blondes, châtaines, grises. Il y a des gens tout à fait quelconques et sans mérite particulier qui ont des barbes ordinaires. Mais les barbes de ciel sont une récompense qui est accordée seulement aux personnes très vieilles, très savantes, très sages. Quand un monsieur a été toute sa vie travailleur, obéissant, bon et raisonnable, une nuit d'été un tout petit morceau de nuage blanc se détache du ciel, entre par la fenêtre et vient se poser sur son menton pour ne plus jamais s'en aller. C'est une barbe de ciel. Les grands-pères, les membres de l'Académie française, les maîtres d'école et les professeurs ont presque tous droit au port de la barbe de ciel. C'est la plus haute récompense du bon Dieu. C'est aussi la plus recherchée. Aussi ne faut-il jamais approcher une allumette enflammée d'une barbe de ciel.

Jacques écouta l'histoire en tournant des yeux ronds comme des billes d'agate.

– Mais ce n'est pas vrai, dit-il.

– Bien sûr, répondit Hermine. Seulement c'est joli.

Comme il aimait les histoires jolies, même quand elles ne sont pas vraies, Jacques demanda :

– Pourquoi est-ce qu'il y a tant de sortes de pendules et de montres différentes ?

Alors Hermine lui raconta :

L'HISTOIRE DE LA FORÊT DES ARBRES À PENDULES

– Il y a dans les Montagnes Noires, de l'autre côté de l'horizon, une forêt de penduliers, une grande, immense, profonde forêt. Les penduliers sont une espèce d'arbres très particuliers qui portent comme fleurs et comme fruits des pendules, des montres, des réveille-matin, des montres-bracelets, des montres gousset, des coucous et des cadrans lumineux. Quand on entre dans la forêt des arbres à pendules, on croirait entendre un grand vent remuer toutes les branches. C'est le tic-tac des milliers de montres et de pendules qui achèvent de mûrir au soleil.

Les bûcherons des Montagnes Noires s'appellent des bûcherons-horlogers. Ils soignent les penduliers, les arrosent, les greffent, les émondent, et empêchent les mauvaises herbes, la pluie, la sécheresse et le vent de leur faire du mal. Si on ne les soignait pas avec beaucoup de patience, les penduliers seraient malades et pousseraient tout de travers. Il y a des penduliers malades, dont les fruits sont mauvais. On dit qu'ils avancent ou bien qu'ils retardent. Quand un pendulier avance ou retarde, surtout si c'est un pendulier de l'espèce pendulier-réveil, c'est très ennuyeux, parce qu'au lieu de sonner avec tous les autres penduliersréveils à sept heures du matin, il sonne avant ou après – « drelinn-linn-linn-ling » – et c'est très désagréable. Alors le bûcheron-horloger vient voir l'arbre à pendules avec un grand sécateur, et il le remet en bonne santé…

– Mais ce n'est pas vrai ? s'écria Jacques.

Hermine haussa les épaules :

– Bien sûr, mais c'est joli.

Et Grand-père qui venait d'ouvrir un œil conclut :

– Parfaitement !

Puis il se rendormit.

Chapitre 6

Comment les choses,
en ayant assez d'être démontées,
prirent de grandes décisions

Le lundi matin, donc, les enfants démontèrent la pendule du salon.

Le lundi après-midi, ayant trouvé cela très amusant, très intéressant (et très instructif), ils démontèrent le moulin à café de Maria, la cuisinière.

Le mardi matin, ils démontèrent le piano à queue. C'était un gros morceau, et cela leur donna beaucoup de souci. Le petit Jules était venu les aider et il tomba dans le piano. Il fallut envoyer une expédition de secours, avec des cordes, des pioches, une échelle et des piolets. Le petit Jules avait eu très peur.

Le mardi après-midi, ils achevèrent de démonter le piano à queue.

Le mercredi matin, ils démontèrent la suspension de la salle à manger. Le petit Jules voulut les aider et faillit s'envoler avec la suspension. Hermine avait ouvert la fenêtre, et le courant d'air balançait dangereusement la suspension, elle risquait de s'échapper comme un ballon dirigeable. Mais Éric tira très fort sur le fil électrique, et la suspension resta entre leurs mains, avec son passager.

Le mercredi après-midi, ils démontèrent le poste de TSF. Le petit Jules ayant avalé le haut-parleur se mit à parler en anglais, en allemand, en chinois et en espagnol. On crut qu'il avait enfin le don de la parole. C'était une fausse alerte. Hermine lui tapa dans le dos, il rendit le haut-parleur, et redevint muet.

Le jeudi matin…

Le jeudi matin, tout changea.

Quand Maria trouva le moulin à café en petits morceaux, elle estima cela très déplaisant, et se mit dans une grande colère. Elle alla voir Nounou et lui dit :

– Il faut punir les enfants, ils ont démonté le moulin à café.

– C'est bien mon avis, dit Nounou, qui se rendit auprès de Grand-père. Il faut punir les enfants, lui dit-elle, ils ont démonté la pendule du salon, le moulin à café de Maria, le piano à queue, la suspension de la salle à manger, le poste de TSF, et si on les laisse faire, ils vont démonter la maison tout entière.

– Parfaitement ! s'écria Grand-père.

Et il se rendormit.

Nounou leva les bras au ciel, prit le petit Jules avec elle et se réfugia dans le jardin en pleurant.

— Malheur, disait-elle, malheur ! Il n'y a rien à faire pour arrêter les enfants. Ils sont vraiment trop désobéissants. Ah ! si les parents étaient là !

Mais les parents venaient justement d'écrire qu'ils ne rentreraient pas encore, car ils se trouvaient très bien dans la maison du général Dourakine.

Heureusement, à l'exception de Grand-père qui dormait, ce qu'avait dit Nounou n'était pas tombé dans l'oreille d'un sourd.

— Ils vont démonter la maison tout entière, expliqua le perroquet Coco au chat Léonard.

Et le chat Léonard, qui se promène dans toute la maison, confia à l'armoire à glace du premier étage :

— Ils veulent démonter la maison tout entière.

L'armoire à glace, qui est très raisonnable parce qu'elle réfléchit beaucoup, glissa à l'oreille des tisonniers :

— Ils ont l'intention de démonter la maison de haut en bas.

Les tisonniers en informèrent la commode, qui passa le mot aux armoires et aux coffres, qui prévinrent les lampes, qui firent signe aux fauteuils et aux chaises, qui apprirent la chose à Nicodème, le serin, et à Pulchérie, la perruche. Le serin et la perruche répétèrent toute la journée :

– Ils vont démonter les serins et les perruches pour voir comment c'est fait ! Ils vont démonter les serins et les perruches !

Et ils pleuraient comme savent pleurer les serins et les perruches, toutes les larmes de leur corps.

– C'est bien inutile de pleurer, gronda le grand poêle de l'entrée, et ça ne nous avancera pas. Il faut passer à l'action.

– Il faut passer à l'action, dirent les armoires à glace.

– Il faut passer à l'action, reprirent les chaises et les fauteuils.

– À l'action ! s'écrièrent les miroirs.

– Action ! conclurent les armoires.

Et la cuisinière (pas Maria ; la cuisinière de fonte émaillée), la cuisinière qu'on venait d'allumer, rugit :

– Je vais leur montrer de quel bois je me chauffe.

Le soir même, quand tout le monde fut couché dans la maison, les objets ménagers et les animaux domestiques, leurs amis, tinrent un grand conseil de guerre. Ils entrèrent en cortège solennel dans le salon, fraternellement unis, les vases de Chine bras dessus, bras dessous avec les chaudrons, les casseroles auprès des tapis de Perse, les chaises en bois blanc de l'office à côté des fauteuils de tapisserie du fumoir, et la râpe à gruyère fermait la marche.

L'armoire à glace présidait. On chanta l'*Hymne des objets ménagers* qui commence comme cela :

Nous sommes objets,
Objets quotidiens.
Sages et rangés,
Satisfaits d'un rien.
On nous époussette,
On se sert de nous.
Lampes, allumettes,
Tapis et bijoux,
Balais et fauteuils,
Rideaux et miroirs,
Objets sans orgueil,
Du matin au soir,
Nous servons les hommes
Très utilement.
Fidèles nous sommes
Tout le long de l'an.

— La séance est ouverte, déclara l'armoire à glace.
— La parole est au chat Léonard !
— Je veux parler le premier, s'écria alors le perroquet Coco.

Il y eut un grand tumulte, qui s'apaisa enfin. Et les délibérations commencèrent.

Ce qui fut décidé…

Mais vous allez bien le voir !

Chapitre 7

Ce qu'il advint des décisions
prises par les choses
et comment réagirent les enfants

Le jeudi matin, quand les enfants se levèrent :

– Qu'allons-nous démonter aujourd'hui ? demanda Éric.

– On va démonter les boules de cuivre de l'escalier pour voir ce qu'il y a dedans, décréta Hermine.

– Très bien, dirent-ils.

Et ils se précipitèrent dans l'escalier pour commencer.

Mais l'escalier qui les avait entendus, ne les accueillit pas comme d'habitude. Ordinairement un escalier est une chose solide, ferme, résistante, sur laquelle on se sent bien à l'aise quand on sait marcher. Ce jour-là l'escalier avait un drôle d'air. Il ondulait, comme une couleuvre dans l'herbe. Il oscillait de gauche à droite. Quand on voulait s'accrocher à la rampe, celle-ci devenait molle comme un bâton de guimauve. Le tapis frétillait sous les pieds comme une fourrure de chat qu'on caresse à rebrousse-poil.

Hermine fit un pas, deux pas. Jacques la suivit. Éric les regardait sans comprendre ce qui se passait. Il s'engagea à son tour, et quand il crut mettre le pied, en descendant, sur la deuxième marche, plouf ! celle-ci se baissa. Éric tomba, glissa, dégringola l'escalier, alla se cogner le front contre une des boules de cuivre de la rampe, et se retrouva assis sur le tapis-brosse d'en bas, avec un très gros mal au cœur et une énorme bosse sur la tête. Hermine et Jacques, terrorisés, s'étaient assis sur la quatrième marche et se cramponnaient l'un à l'autre. Jacques commençait à avoir le mal de mer. L'escalier se balançait, montait, redescendait, se rebroussait, mélangeait ses marches. Les deux enfants entreprirent de remonter à quatre pattes, mais c'était très difficile. Heureusement pour eux, à ce moment-là Nounou entra, et comme par enchantement l'escalier redevint un escalier normal, immobile, paisible.

– Qu'est-ce que vous avez encore trouvé comme bêtise à faire ! s'écria Nounou.

Et apercevant Éric :

– Eh bien ! vous êtes dans un bel état !

– C'est l'escalier, essayèrent d'expliquer les enfants.

Mais Nounou haussa les épaules, et alla chercher l'arnica pour mettre sur la bosse d'Éric. Ils sentirent qu'elle se moquait d'eux, et ils furent très en colère. Cet escalier, quel hypocrite !

L'après-midi, ils décidèrent pourtant, puisqu'il n'y avait rien à faire pour démonter les boules de l'escalier, de s'attaquer au grand lustre du salon. C'était un très beau lustre en verre de Venise, brillant de mille et une facettes, et il fallut organiser pour l'atteindre un véritable échafaudage. Mais quand Hermine fut arrivée en haut, elle voulut se regarder dans la glace. Horreur ! Elle n'était pas seulement désobéissante, elle était également très coquette. Et quand elle voulut s'admirer dans la glace, elle ne trouva qu'une affreuse petite sorcière qui lui ressemblait bien un peu, qui faisait les mêmes gestes qu'elle, levait un bras, tirait la langue, s'inclinait, mais qui était laide, affreusement laide, terriblement laide. Éric s'approcha de la glace, et il vit une sorte de petit monstre qui le dévisageait, une caricature d'Éric, un Éric difforme, boursouflé, et effrayant à regarder.

Les enfants se mirent à pleurer, et l'émotion fit tomber Hermine du haut de son échafaudage de tables et de chaises qui s'écroulèrent toutes en même temps. Elle se fit très mal, et pleura encore plus fort. Grand-père, qui dormait, fut réveillé par le tumulte. Il entra dans le salon. Les enfants lui montrèrent le miroir en disant :

– C'est la glace, c'est la glace !

Mais il n'aperçut dans la glace que son image, parfaitement ressemblante, parfaitement correcte. Il hocha la tête, de l'air de dire : « Ces enfants sont un peu fous », et il alla se rendormir dans son fauteuil. Hermine, Jacques et Éric étaient terrorisés.

La révolte des choses ne se borna point là. Les animaux et les objets étaient vraiment passés à l'action. Jacques ayant marché par inadvertance sur la queue du chat : « Vous ne pourriez pas regarder où vous mettez vos pieds ? » s'entendit-il dire très sèchement. Les lacets de souliers se nouaient d'eux-mêmes pendant la nuit. Les pendules survivantes n'obéissaient plus à d'autre règle que leur caprice, marquaient neuf heures quand il était midi, et midi quand il était trois heures. Les branches du grand ormeau venaient la nuit frapper les carreaux de la fenêtre des enfants avec une effrayante régularité. L'encre changeait de couleur à mesure qu'on écrivait, toutes les plumes faisaient sur les devoirs de vacances de gros pâtés, le savon dans le bain fondait en un clin d'œil ou bien refusait de mousser, le sucre refusait de fondre, le perroquet Coco disait des gros mots, le serin Nicodème sifflait comme un merle, les

miroirs faisaient des grimaces, les tapis vous faisaient des croche-pieds, les choses étaient révol-
tées. Et le chat Léonard chantait entre ses moustaches :

N'éveillez pas l'objet qui dort,
Laissez l'objet à son silence,
Être tranquille c'est son sort
De pauvre chose sans défense.
N'éveillez pas l'objet qui dort,
Il est méchant quand on l'ennuie.
La descente de lit vous mord,
La porte bat toute la nuit.

Chapitre 8

Qui est la suite (mais non la fin)
du précédent

Les enfants n'osaient plus ni faire un pas, ni lever le petit doigt. Pendant trois jours, les choses les tinrent en respect et firent régner la terreur. Maria, la cuisinière, fut elle-même victime de quelques mauvais tours. Quand on voulait les prendre, les casseroles se mettaient la queue en tire-bouchon comme les cochons roses, et Maria crut s'évanouir quand le moulin à café se mit à jouer un air d'orgue de Barbarie. Mais Nounou lui dit qu'elle avait la berlue, qu'elle avait perdu la tête comme les enfants et elle n'insista pas, croyant s'être trompée.

Pourtant, les objets ne sont pas comme les hommes. Ils n'ont ni méchanceté, ni rancune. Au bout de trois jours, les enfants s'étant conten-tés d'aller jouer à cache-cache dans le jardin, tout revint dans l'ordre. Les horloges et les pendules furent exactes, l'escalier sans surprises, l'encre ne changeait plus de couleur, et les animaux eux-mêmes redevinrent silencieux et affectueux.

On ne peut pas jouer tout le temps à cache-cache. C'est encore Hermine qui gâta tout :

— Si nous allions démonter le coucou de la lingerie pour voir comment il marche ?

Cette proposition fut accueillie avec enthousiasme. Le coucou de la lingerie était prisonnier d'une très belle pendule. Toutes les demi-heures, deux petits volets s'ouvraient, le petit oiseau de bois sortait et criait : « Coucou ! Coucou ! » autant de fois qu'il y avait d'heures écoulées. Éric prit son beau couteau à dix-huit lames, Jacques un escabeau, Hermine ses ciseaux, et ils allèrent s'enfermer dans la lingerie.

Dix minutes plus tard, le coucou libéré s'envolait à travers la pièce en criant : « Coucou ! Coucou ! » Il voltigeait partout, s'accrochait aux cheveux d'Hermine. Jacques, affolé, ouvrit la fenêtre, et le coucou s'enfuit. On l'entendit, sur le grand tilleul, qui riait sous cape : « Coucou ! Coucou ! »

C'est sans doute lui qui apprit aux objets de la maison que la guerre avait repris entre les enfants et les choses. Éric avait commis d'ailleurs une erreur terrible en barbouillant avec du charbon le portrait de l'amiral Petit-Minet, grand-père de

Grand-père, et en lui dessinant de belles moustaches en pointe. La libération du coucou de la lingerie, les moustaches de l'amiral, c'en était trop. Le combat reprit. Il fut terrible.

Tout ce qui était habituellement inanimé et silencieux devint extraordinairement remuant et tapageur. Tout ce qui était mouvant et sonore devint immobile et muet.

Les portes battaient toute la nuit. Les coins et les angles des meubles vous cognaient méchamment au passage, les abat-jour se soulevaient pour vous envoyer la lumière dans les yeux et vous éblouir, les clefs allaient se cacher dans les coins derrière les armoires fermées à double tour.

– Ah ! les enfants ne veulent pas obéir à leurs parents. Ils nous obéiront peut-être ! répétaient les objets.

Toutes les pendules s'étaient arrêtées, les robinets ne coulaient plus, le ferme-porte automatique ne fermait plus les portes, mais les ouvrait pour laisser passer les courants d'air, les poignées des portes et des fenêtres refusaient de tourner.

Mais Hermine qui commandait les jeux était aussi têtue que les choses.

– Ah ! vous ne voulez plus nous servir, s'écriat-elle. Eh bien ! vous allez voir !

La maison devint un champ de bataille. Les pendules refusaient de marcher ? On les démonta.

Le sol était jonché de cadrans, d'aiguilles, de rouages, de ressorts, de toutes les entrailles d'une horlogerie frappée à mort. Les robinets ne voulaient plus couler ? On les démonta. Les enfants, avec le couteau d'Éric et ses dix-huit lames, dévissèrent tous les tuyaux d'eau, les canalisations, provoquèrent une inondation en démontant le réservoir, faillirent noyer Grand-père, Nounou et Maria. Ils démontèrent les serrures, les verrous, les portes. Ils démontèrent le chauffe-bain. Ils démontèrent l'ouvre-porte automatique, ils démontèrent le téléphone, ils démontèrent le poêle. La maison n'était plus que ruine, dévastation et désordre. C'étaient vraiment des enfants très entêtés.

– Et demain, décida un soir Hermine avant de se coucher, nous démonterons le paratonnerre sur le toit !

Il y eut un grand conseil de guerre des objets cette nuit-là.

– L'audace de ces petits d'homme est insupportable, disait l'armoire à glace. Il faut prendre des mesures sévères.

– Il faut les châtier impitoyablement !

– Il faut leur ôter le goût de ces jeux stupides !

– Si on ne les arrête pas, ils sont capables de démonter la maison elle-même !

– Eux ou nous ! rugit le peuple des choses.

Et sur les ruines du piano démonté, les pincettes, qui sont méchantes, et le tournebroche, qui est sanguinaire, improvisèrent un chant de vengeance :

Levons-nous tous contre nos ennemis.
Tables et lits, accourons tous aux armes !
Pourchassons-les sans trêve et sans répit !
Sus aux enfants qui causent nos alarmes !

Le soleil se leva à l'aube sur une journée décisive.

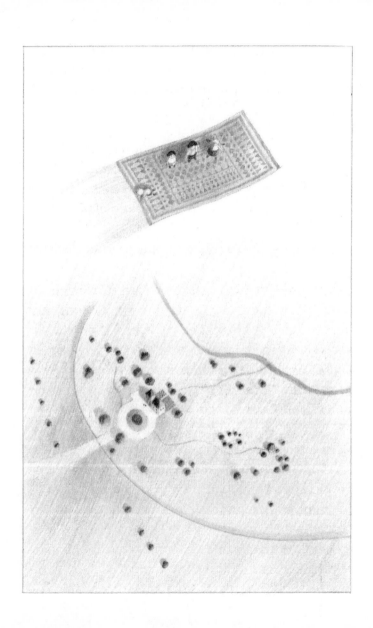

Chapitre 9

Où les aventures de nos amis,
qui sont pourtant strictement vraies,
commencent à prendre
un tour absolument invraisemblable

Le secret fut bien gardé. Aucun miroir ne fut
terni par le souci de dissimuler son attente, nul
tiroir ne grinça d'impatience, aucun objet ne cligna de l'œil. Mais quand au chevet d'Hermine les
quatre enfants se trouvèrent rassemblés après le
petit déjeuner, et le petit Jules avec eux, en un
éclair la descente de lit prit son vol et la fenêtre
s'ouvrit pour la laisser passer. Et avec elle nos
amis éberlués, Hermine, Jacques, Éric et Jules,
soudain prisonniers d'une descente de lit qui se
promenait à fond de train dans le ciel.

Avant qu'ils aient eu le temps de dire « ouf », la
descente de lit avait survolé le parc, pris de l'altitude au-dessus des tilleuls, et maintenant ils apercevaient la maison qui déjà se rapetissait à l'horizon. Et sur le perron, ces deux petits points noirs qui

s'agitaient en tournoyant : mais oui, c'étaient Nounou et Grand-père. On voyait très bien la barbe
de Grand-père qui se dressait vers le ciel, et il mettait la main sur les yeux pour se protéger du soleil.

— Mes pauvres petits-enfants ! disait-il.

— Mon petit Jules, pleurnichait Nounou. Ah !
les galopins ! Qu'est-ce que nous dirons à Monsieur et Madame, quand ils reviendront. Ah ! les
galopins, qu'est-ce qu'ils ont été inventer là !

Les galopins se seraient très bien passés d'inventer un jeu aussi audacieux. Se trouver à huit
cents mètres au-dessus du sol sans rien pour vous
protéger, sur une simple descente de lit qui n'a ni
garde-fou, ni rampe, ni balustrade, c'est une façon
de voyager qui donne le vertige. Il n'y avait que
le petit Jules qui avait l'air de se trouver très à
l'aise. Il s'approchait à quatre pattes de la frange
de la descente de lit pour regarder le paysage. Il
s'approchait tellement qu'il faillit passer par-
,dessus bord. Il fallut qu'Éric se précipitât pour
rattraper le petit Jules par sa brassière. On l'atta-
cha ensuite avec une épingle de sûreté au tapis,
pour qu'il n'aille pas se casser le cou.

— Quelle émotion ! dit Jacques, qui retrouvait
enfin l'usage de la parole.

La descente de lit allait si vite, si vite, que le
vent emportait les paroles, dépeignait les passagers et leur refroidissait le bout du nez.

– Qu'est-ce que tu dis ? cria Hermine.

Et il dut crier encore plus fort pour répondre :

– Je dis : quelle émotion !

– On aurait dû se méfier. La descente de lit est un tapis persan. C'est l'amiral qui l'a rapportée de Bagdad. Et là-bas toutes les descentes de lit sont plus ou moins tapis volants à leurs moments perdus.

– Pourquoi est-ce que les tapis volent en Perse ? demanda Jacques.

– Parce qu'il n'y a pas d'avions, petit sot !

– Ah ! dit Jacques, qui ne trouvait pas l'explication très claire.

Mais quand Hermine avait parlé, il ne restait plus qu'à se taire. Et il était bien certain que les tapis volaient puisqu'ils étaient sur un tapis volant. Les faits sont les faits. On n'y peut rien. Jacques avait tout de même envie de poser une autre question.

– Dis, Hermine, pourquoi est-ce qu'il n'y a pas d'avions en Perse ?

– Parce qu'il y a des tapis volants, bien sûr !

– Ah ? dit Jacques.

Et il regarda le paysage.

Ils étaient déjà bien loin de la maison. On venait de traverser une rivière qui brillait au soleil comme les guirlandes argentées de l'arbre de Noël. Il y avait au-dessous d'eux une grande forêt, dont les arbres tout ronds et verts ressemblaient à de la mousse quand on les regardait du ciel. On sentait qu'il y avait un peu de vent en bas, parce que les arbres frissonnaient comme la fourrure d'un chat qu'on caresse à rebrousse-poil. Et, à l'ouest, il y avait des collines avec des champs, découpés en carrés, en triangles, des champs de blé, couleur des cheveux d'Hermine, des champs de luzerne, vert clair, des prés, plus foncés, des champs de tulipes de toutes les nuances imaginables, roses, bleues, jaunes, rouges. On voyait aussi des routes,

étendues au soleil comme des serpentins blancs, et même à l'est, il y avait un passage à niveau, avec un train si petit qu'il avait l'air d'un train électrique, mais on voyait bien à son panache de fumée que c'était un vrai train. Les enfants auraient bien voulu s'arrêter, regarder le paysage, s'orienter. Mais la descente de lit avait l'air très pressée. Elle allait vite, de plus en plus vite. Heureusement le soleil s'était tout à fait levé, et les enfants n'avaient pas trop froid.

– Ah, ah eh bien ! ici il n'y a plus rien à *démonter*, et peut-être allez-vous rester tranquilles !

Qui venait de parler ? Ils regardèrent autour d'eux. C'était le coucou de la pendule qui volait à tire-d'aile à côté d'eux. Et comme il avait l'air fatigué, il se posa sur un coin de la descente de lit volante. Malgré la fatigue, il avait un petit air narquois et impertinent.

– Si vous venez ici pour vous moquer de nous, vous tombez mal, dit Hermine. Nous sommes contents, nous sommes *très contents* de voyager. N'est-ce pas, Éric ?

– Moi, dit Éric, j'avais toujours voulu être aviateur. Alors, vous comprenez, quelle chance !

– Parlez toujours, reprit le coucou. Vous ne direz peut-être pas ça longtemps. La descente de lit va vous faire voir du pays et sans doute plus que vous n'en désirez voir ! Vous demanderez bientôt grâce !

Et il s'envola en ricanant méchamment.

– Si vous avez des commissions pour la maison, comptez sur moi, cria-t-il en disparaissant.

À cette pensée, les enfants furent bien tristes, sauf Jules qui suçait son pouce et faisait bonjour de la main aux petits nuages blancs qu'on croisait de temps en temps.

La descente de lit avait encore pris de l'altitude. On arriva dans une région couverte, et elle s'éleva à travers les nuages. On avait l'impression de marcher dans de la ouate mouillée.

– Atchoum ! fit le petit Jules.

Hermine le frictionna pour l'empêcher de s'enrhumer. On sortit enfin des nuages et on les survola. La descente de lit glissait au-dessus d'eux comme un traîneau sur la neige. Bientôt, ils se trouvèrent au-dessus de la mer.

– Tu crois qu'elle va nous mener loin ? demanda Éric à Hermine.

– Je me le demande. Elle n'a pas l'air de vouloir s'arrêter. Où pouvons-nous bien être ?

Un cri aigu les fit sursauter. Une bande de mouettes approchait.

– Où sommes-nous ? demandèrent-ils.

La plus vieille des mouettes leur répondit d'un ton rogue :

– Au-dessus de la Manche. Vous vous dirigez vers la Belgique.

Elle les regardait d'un air méprisant :

– On voit bien que vous êtes des petits terriens. On n'a pas idée de poser des questions comme cela ! Si vous ne vous dirigez pas mieux, vous allez vous perdre. Qui commande à bord ?

– Moi, dit Hermine audacieusement.

– Eh bien ! vous feriez bien de faire couvrir vos hommes. Vous n'allez pas avoir chaud en remontant vers le nord. Et votre équipage est vêtu en dépit du bon sens.

– Merci du conseil, répliqua Hermine. Mais je ne vois pas avec quoi nous pourrions nous couvrir ?

– Tant pis pour vous, dit la mouette. Voilà ce que c'est que d'être imprévoyant.

– Tant pis pour vous, répétèrent les autres mouettes.

Et elles leur tournèrent le dos.

« Les mouettes sont des oiseaux bien désagréables, pensa Hermine. Mais il faut agir. »

— Je prends le commandement, déclara-t-elle. Lieutenant Éric, vous serez mon second. Matelot Jacques, vous serez l'équipage. Quant à Jules, c'est le passager. Où est le passager ?

Le passager s'était endormi en suçant son pouce.

— Très bien, dit Hermine. Maintenant il faut faire le point.

Elle se pencha à plat ventre par-dessus la frange de la descente de lit. On apercevait au nord-est une côte.

— Ça doit être la Belgique.

Au loin, un nuage d'oiseaux venait à leur avance.

— Commandant, des pigeons par le travers ! cria Éric.

Les pigeons s'approchaient. Les enfants sortirent leurs mouchoirs et firent de grands signes aux oiseaux.

Hermine mit les mains en porte-voix et cria :

— Ici la *Descente-de-lit*, capitaine Hermine, compagnie Petit-Minet, port d'attache « Les Glycines », battant pavillon blanc !

— Ici les *Pigeons-Voyageurs-Associés*, compagnie de transports rapides, capitaine Rourou, port d'attache Anvers, battant pavillon gorge-de-pigeon ! Qu'y a-t-il pour votre service ?

– Nous avons un bébé à bord et rien pour le couvrir !

– Très bien, répliqua le commandant des pigeons, nous allons nous en occuper.

Et tous les pigeons piquèrent du bec sur la terre qu'on venait d'atteindre maintenant, tous les pigeons comme un seul homme, ou plutôt comme un seul pigeon.

– Tu crois qu'ils vont revenir ?

– Sûrement, les pigeons voyageurs sont des gens très sérieux.

Dix minutes plus tard, en effet, Jacques signala :

– Un vol d'oiseaux en vue, à mille mètres au-dessous de nous. Ils prennent de l'altitude... Ils approchent... les voilà !

En tête venait une cigogne portant un biberon rempli de lait, un pigeon qui portait un pain, un autre avec un pot de confiture, le dernier avec du chocolat. Et la cigogne et les trois pigeons étaient suivis d'une nuée d'oiseaux de toutes les sortes, qui portaient chacun dans leur bec une brindille. Il y avait des mésanges, des moineaux, des bergeron-nettes, des bouvreuils, des rouges-gorges, des mar-tinets, des hirondelles, des pinsons, des linottes, une outarde, des fauvettes, un rossignol, des san-sonnets, un roitelet et même un martin-pêcheur. Tout ce monde bavardait, pépiait, sifflotait, jacas-sait, chantant la chanson des oiseaux du ciel :

Linottes et moineaux,
Mésange et alouette,
Palombes, étourneaux,
Vanneaux, bergeronnettes.
Fin bec et bonnes ailes,
Mauviette ou passereau,
Bouvreuil ou hirondelle,
Volant bas, volant haut,
Nous chantons, nous bougeons,
Légers et tournoyants
Courlis, perdrix, pigeons,
Sous le soleil brillant.
Linottes ou moineaux,
Fin bec et bonnes ailes,
Nous sommes les oiseaux,
Le peuple ailé du ciel.

Le nuage d'oiseaux bariolés survola en tournoyant le tapis volant qui continuait sa route. Chacun à tour de rôle vint déposer son fardeau, et en quelques minutes un grand nid de paille, de brindilles et de mousse fut installé au centre de la descente de lit, dans lequel il n'y eut plus qu'à coucher le petit Jules qui ne se réveilla même pas, un grand nid moelleux et chaud, large comme un berceau.

– Merci, merci ! crièrent les enfants.

– Il n'y a pas de quoi, dirent les oiseaux, c'est la moindre des choses.

Et en agitant leurs ailes en signe d'adieu, ils s'en retournèrent.

Hermine donna le biberon au petit Jules, et partagea avec Éric et Jacques le pain, les confitures et le chocolat, en prenant bien soin d'en garder pour les prochains repas.

Chapitre 10

Comment, grâce à une descente de lit
ancien tapis volant de Bagdad,
on peut aller au pôle Nord sans se mouiller
les pieds (sinon sans émotions)

Ils survolèrent Bruxelles, Anvers, La Haye, Amsterdam. Les maisons, tout en bas, avaient l'air de jeux de construction. De temps en temps, on croisait un vol de canards sauvages, ou un avion, dont les passagers avaient l'air très étonnés de rencontrer, comme cela, dans le ciel, une descente de lit avec une petite fille, deux garçons et un bébé dans un gros nid d'oiseau. Mais aujourd'hui, il ne faut s'étonner de rien.

Vers le soir, ils arrivèrent en vue de la mer.

– Ça doit être la mer du Nord, dit Éric, qui était très fort en géographie.

– Alors, nous allons avoir froid ! Oh ! tu crois qu'elle va se décider à s'arrêter, cette méchante descente de lit ?

– Chut, dit Éric, ce n'est pas la peine de l'injurier. Ça n'arrangera rien.

La descente de lit continuait imperturbablement sa route. Bientôt on rencontra de moins en moins de bateaux sur la mer. Et il y avait de gros glaçons, comme ceux qui flottent sur l'orangeade l'été.

– Ce sont des icebergs, constata Éric, qui était réellement très fort en géographie.

– Mais alors, nous allons vers le pôle Nord ! dit Hermine.

– J'en ai bien peur !

Jacques se mit à pleurer.

– Je ne veux pas aller au pôle Nord. Je ne veux pas aller au pôle Nord !

Il trépignait sur la descente de lit. Mais ça n'avait pas l'air d'impressionner le tapis volant. Il continuait à filer à toute vitesse.

Les enfants étaient bien malheureux. Ils n'avaient plus du tout envie de démonter les pendules et de mener la vie dure aux choses. Ils avaient surtout envie de rentrer à la maison. Et pour comble de malheur, la neige se mit à tomber. Le petit Jules était bien au chaud dans son nid. Mais Hermine, Éric et Jacques commencèrent à avoir vraiment froid. Ils ne trépignaient plus, maintenant. Ils battaient la semelle pour essayer de se réchauffer. Hermine eut alors une idée :

– Nous allons faire un igloo !

Ils ramassèrent la neige qui s'entassait sur le tapis, et ils se mirent à construire une petite maison ronde en neige durcie, comme celles que construisent les Esquimaux. L'igloo fut terminé quand vint la nuit, ils y installèrent le nid de petit Jules, et ils y rentrèrent eux-mêmes. L'igloo était très petit mais très chaud, et en se serrant bien fort les uns contre les autres, ils se réchauffèrent. Ils mangèrent un petit peu de pain et de chocolat, le petit Jules termina son biberon, et les enfants se promirent, s'ils revenaient un jour à la maison, de ne plus faire de bêtises et de ne plus chercher à démonter tout ce qui leur tomberait sous la main. Ah! vraiment, dans le malheur, on ne se sent pas fier du tout, et on se repent de tous ses méfaits! Ils s'en apercevaient bien.

Ils s'endormirent enfin tous les quatre, tandis que la descente de lit continuait sa course vers le nord.

Quand ils s'éveillèrent le lendemain matin, ils crurent à une hallucination. On jouait du violon sur la descente de lit!

Hermine mit la première le nez hors de l'igloo. Ce n'était pas une illusion. Un jeune homme était assis sur le bord de la descente de lit, les jambes pendantes. Alourdie par la neige, celle-ci volait très bas au-dessus des flots couverts de glaçons et de fragments de banquise. Le jeune homme avait installé une ligne qui pendait dans l'eau et, tout en la surveillant, il jouait du violon. Éric et Jacques, qui avaient émergé eux aussi de l'igloo, reconnurent le musicien vagabond.

– Ludovic ! crièrent-ils.

– Pour vous servir, mes enfants. Je suis en effet votre ami Ludovic, votre meilleur ami. En réalité, je suis un ange, mais comme je m'ennuyais un peu avec les autres anges, j'ai été me promener sur la terre. Et maintenant je suis en train de vous pêcher votre déjeuner, pendant que vous dormez comme des petits paresseux que vous êtes.

À ce moment-là, la ligne s'agita, et Ludovic retira la ligne au bout de laquelle pendait un gros poisson qu'il décrocha et mit dans sa gibecière.

Puis il rangea sa ligne, posa son violon et tira d'un grand sac un nouveau biberon pour le petit Jules, du pain, du poulet, de la crème au chocolat, un gâteau à la crème, tout un repas enfin, délicieux et abondant, sur lequel les enfants se jetèrent, car ils avaient très faim.

– Eh bien ! dit Ludovic en les regardant manger, j'espère que la leçon vous aura servi !

– Oh ! oui, répondirent en chœur les enfants. Et Éric demanda :

– Quand est-ce que nous allons rentrer à la maison ?

– J'attends la maison d'une minute à l'autre, reprit Ludovic qui ajouta : Vous avez de la chance d'avoir été gentils et accueillants avec moi quand je suis arrivé chez vous. Sans cela je vous aurais laissés à votre malheureux sort. Et vous seriez morts de froid et de faim.

– Vous êtes un très bon ami, dirent les enfants, et nous ferons tout ce que vous voudrez.

– C'est très bien. Nous serons de bons amis.

Jacques, qui posait toujours des questions, demanda :

– Mais pourquoi n'êtes-vous pas habillé en ange ? Et pourquoi jouez-vous du violon ?

L'ange Ludovic soupira :

– Un ange, ça se fait remarquer, et jouer du luth en robe blanche avec des ailes dans le dos, on admet ça dans les images, mais pas dans la vie. Alors, pour m'occuper de vous, j'ai pris une forme moins bizarre. D'ailleurs…

Mais il fut interrompu à ce moment-là par Éric qui venait de découvrir dans le ciel un point noir. Ce point noir grandissait et se rapprochait à vue d'œil.

– Qu'est-ce que c'est que ça, qui approche ?
– Ça ? répondit l'ange Ludovic. Mais c'est la Maison, bien entendu !

Chapitre 11

Ce qu'il advint de la Maison
quand les enfants s'en furent envolés sur le dos
du tapis volant-descente de lit

Après l'enlèvement des enfants, la Maison connut un repos tel qu'elle n'en avait jamais connu de pareil. Malgré les lamentations de Nounou, Grand-père avait fini, en désespoir de cause, par se rendormir.

Les gendarmes, alertés, étaient venus procéder à une enquête.

– Vous n'allez pas nous faire croire qu'en plein XXe siècle, nonobstant et subséquemment, des enfants peuvent s'ensauver dessus une descente de lit ! disaient-ils.

Et ils riaient très fort – ha ! ha ! – en tournant leurs grosses moustaches entre le pouce et l'index.

Nounou signala aux gendarmes la présence d'un bohémien qu'on avait vu rôder dans les parages les jours précédents.

— Nonobstant et subséquemment, dirent les gendarmes (ce sont des mots de gendarme, il ne faut pas faire attention), ce doit être ce bohémien qui a enlevé vos enfants. Et ils montèrent sur leurs bicyclettes à la recherche des jeunes disparus.

La Maison était donc parfaitement tranquille. Nicodème et Pulchérie mangeaient sans souci leur mouron et leurs grains de mil. Le chat Léonard faisait sans être troublé la chasse aux souris et aux rats. L'escalier faisait briller au soleil ses boules de cuivre, les casseroles étaient paisibles, les meubles demeuraient en repos. Et l'armoire à glace fermait les yeux voluptueusement quand un rayon de lumière venait la chatouiller à travers les persiennes closes. La Maison était sage, silencieuse et abritée.

Trop sage, hélas, trop silencieuse, trop abritée. Quand on a pris l'habitude d'avoir dans ses jambes trois enfants tapageurs et un bébé, quand on est accoutumé aux jeux (même cruels), aux cris (même stridents), aux inventions diaboliques mais divertissantes de trois galopins joyeux et casse-cou, on trouve un peu de changement à une maison sans allées et venues, à des couleurs mornes et tristes, à des chambres où personne ne vient plus se cacher, à une rampe d'escalier que nul fond de culotte ne vient plus polir et rendre brillante.

Pour tout dire : la Maison s'ennuyait. Les pincettes bâillaient à s'en décrocher la mâchoire, les miroirs somnolaient, l'armoire à glace engraissait, et la cheminée prenait un air soucieux et pensif.

Et puis, tout de même, on a beau avoir un peu de rancune, pour être objet on n'en a pas moins un cœur. Ce qui chiffonnait le plus les choses, c'est que la descente de lit ait emmené sur son dos non seulement Hermine, Jacques et Éric, mais aussi le petit Jules.

– Un nourrisson, disait le soufflet en souffletant, pfeu, pfeu, un nourrisson ! C'est tout de même exagéré !

La pitié qu'on avait pour le petit Jules s'étendit, au fur et à mesure que les heures passaient, aux trois autres enfants. La descente de lit exagérait ! Elle avait dit qu'elle leur ferait faire un petit tour pour les punir. Mais ce petit tour se prolongeait, singulièrement.

– Pourvu qu'il ne leur soit rien arrivé, soupirait la pendule que l'horloger du village venait de réparer.

– Moi, je ne leur en veux pas, disait le piano que l'accordeur était en train d'arranger. Je dirais même qu'ils me manquent.

– Hermine est si jolie, reprenait un miroir.

– Éric si aventureux, disait le fauteuil du salon.

– Jacques si intelligent !

– Et le petit Jules si fragile !

La nuit venue, les objets dormirent très mal. Le chat Léonard marchait de long en large en miaulant :

— Mais qu'est-ce qui a bien pu leur arriver ?

Le serin Nicodème et la perruche Pulchérie avaient beau mettre la tête sous l'aile, compter jusqu'à 333, le sommeil ne venait pas.

Quand ils eurent passé une nuit blanche, troublée encore par les sanglots de Nounou et les ronflements de Grand-père, dont le sommeil était traversé de très vilains rêves :

— Il faut faire quelque chose ! s'écria l'armoire à glace.

— Nous ne pouvons rien faire, dit le coucou d'une voix faible.

— Si. Nous pouvons aller à leur recherche.

— Mais vous n'y songez pas, ma chère amie ! Une maison qui a au moins deux cents ans, qui n'a jamais voyagé…

Un petit escabeau, qui n'avait jamais parlé jusque-là, s'écria :

— Les voyages forment les maisons !

— Votons, conclut l'armoire à glace. Qui est pour le départ ?

— Moi ! Moi ! crièrent toutes les choses.

— Qui est contre le départ ?

— Moi ! cria, d'une toute petite voix aigre, le coucou.

– À la majorité moins une voix, décréta l'armoire à glace, le départ est voté. Tout le monde à son poste d'appareillage. Nicodème et Pulchérie, aux fenêtres, Léonard sur le toit, comme guetteur, le soufflet, la cuisinière et les cheminées, aux machines, et à toute vapeur – la radio en marche, et l'équipage à l'action.

– Une, deusse ! criaient les pincettes d'une voix pincée.

– Une, deusse ! reprenaient les fauteuils et les chaises.

Et le seau à charbon, qui était devenu mécanicien-chauffeur, criait à tue-tête, car il avait été employé à bord d'un trois-mâts comme cuisinier :

– Larguez les ris dans les huniers !

Il fallut que tout le monde y mette du sien. Une vieille maison, bien enracinée dans ses fondations, ça ne se déplace pas comme ça, en trois coups de cuiller à pot. On s'y reprit à plusieurs fois, on procéda par petites secousses d'abord, puis de plus en plus fort. Ce n'est que vers dix heures du matin que la maison et tout ce qu'elle contenait prirent enfin le large. Le sifflet de la bouilloire poussa un grand rugissement, et quand Maria et Nounou se penchèrent à la fenêtre de la cuisine, il était trop tard : le jardin n'était plus qu'un petit carré qui défilait rapidement sous leur nez, et un nuage entra d'un air

impertinent dans la pièce, comme s'il avait été chez lui.

Maria s'évanouit : et quand elle l'eut ranimée avec du vinaigre et de l'eau fraîche, Nounou courut réveiller Grand-père. Il se leva, alla regarder à la fenêtre. Une hirondelle lui passa entre la barbe et le cou, une étoile filante lui enleva son chapeau, et il pouvait apercevoir en bas des paysans qui levaient les bras au ciel en voyant passer la maison dans le ciel.

– Parfaitement, dit-il.

Et il se rendormit.

Léonard demandait aux oiseaux qu'on rencontrait :

– Vous n'auriez pas vu une descente de lit avec
trois enfants et un bébé ?

– Oui, répondaient les oiseaux, ils s'en vont dans
cette direction. On les a vus passer il y a une demi-
journée.

Le soufflet, la cuisinière et les cheminées don-
naient toute leur puissance. On prit de l'altitude
et de la vitesse. Les souris qui avaient l'habitude
de se réfugier dans la cave s'étaient installées sous
l'escalier. Léonard avait bien autre chose à faire
que d'aller les ennuyer. D'ailleurs, l'heure était
venue de mettre fin aux divisions intérieures.

« Union sacrée ! » avait dit l'armoire à glace, qui
criait :

– La barre à tribord, les machines à trente nœuds. L'équipage à son poste !

Coco, le perroquet, alla remplacer Léonard au poste de veille, sur le toit. Comme il était très fier de sa voix, il criait de quart d'heure en quart d'heure :

– Rien à signaler ! Tout va bien !

Et une bande d'étourneaux, qui passaient à hauteur de la maison, lui jeta ironiquement :

– Tu as une belle voix pour le cinéma muet, vieux jeton.

Car – chacun sait cela – les étourneaux sont particulièrement mal élevés.

Il y avait de grandes tiges de glycine et de lierre qui flottaient dans le ciel derrière la maison, comme des algues, et tant qu'il fit jour, toutes les fenêtres étaient ouvertes sur le beau paysage de ciel, de vagues et de terres lointaines, en bas.

Le soir venu, l'armoire à glace fit allumer les lampes pour que la maison ait ses feux de position, et que les oiseaux de nuit ne risquent pas de se cogner contre les murs dans le ciel noir.

La maison marchait à toute vapeur, à mille mètres au-dessus du sol. On atteignit trente, puis quarante, puis cinquante nœuds.

Comme on se fait à tout, Nounou et Maria avaient fini par trouver le voyage très amusant. Il fallut que Grand-père vienne les chercher pour obtenir à dîner, sans cela elles seraient restées à la fenêtre à admirer le ciel, les nuages, le paysage.

La nuit venue, le froid vint avec elle. On ferma les fenêtres, on tira les rideaux et on installa sur le toit de la paille pour les guetteurs qui avaient d'ailleurs la chance de pouvoir se réchauffer tout contre la cheminée.

Le lendemain matin enfin, alors que Coco venait de relever Léonard, il aperçut à l'horizon la descente de lit.

– Les enfants sont en vue ! cria-t-il dans la cheminée.

Toute la maison fut sens dessus dessous.

– On les a retrouvés !

– Les voilà !

– Sont-ils en bonne santé ?

Grand-père décrocha la longue-vue de l'amiral Petit-Minet et il aperçut les trois enfants, le petit Jules et l'ange Ludovic qui agitaient des mouchoirs.

– Dieu soit loué, dit-il, ils sont vivants !

Ce fut une belle danse dans la maison ! Le piano jouait tout seul une polka, le tabouret avait entamé une farandole avec les chaises et les fauteuils, et le chandelier du salon faillit même passer par-dessus bord, car les chenets et la pendule l'avaient bousculé dans leur joie.

Et Léonard, monté sur le toit, dansait la gigue avec le perroquet Coco, son vieil ennemi.

Chapitre 12

Où tout est bien qui finit bien

Dès que les enfants furent montés à bord de la maison, Hermine reprit le commandement, et on mit le cap vers la France. La descente de lit, qui avait repris goût à son état de tapis volant, suivait en gambadant malicieusement, comme un petit chien qui suit une automobile.

Éric voulait absolument revenir par l'Amérique. Mais Hermine objecta que les parents devaient être inquiets. On fit juste un petit crochet par New York.

Les Américains ne furent pas contents du tout. Eux qui avaient inventé les gratte-ciel, voir une petite maison française venir les narguer, chatouiller les nuages avec ses trois étages au-dessus de leur capitale ! Ils protestèrent, mais ils admirèrent l'audace des enfants. Des avions et des dirigeables vinrent leur rendre visite, on leur apporta des jouets, des bonbons, des gâteaux.

Grand-père s'était rendormi, après avoir dit :

– Parfaitement.

Sur la route du retour, la maison rencontra des milliers d'oiseaux de France venus à sa rencontre, qui lui firent un cortège.

Hermine, Éric et Jacques, réconciliés avec les objets, promirent solennellement de ne pas démonter les pendules, les pianos, les moulins à café, etc.

Ludovic jouait du violon, assis sur le perron, et il jouait avec tant de douceur que lorsque la maison survolait pendant la nuit les villages endormis, les habitants se réveillaient pour écouter la musique du ciel.

Une semaine plus tard, la maison arriva enfin au-dessus du jardin et du parc, et elle vint délicatement se poser à sa place habituelle. Hermine avait commandé la manœuvre. C'est elle-même qui jeta l'ancre, c'est-à-dire les tiges de glycine et les racines de lierre. Il y eut une petite secousse, un choc, et tout fut de nouveau comme avant : une bonne épaisse et joyeuse grosse maison, confortablement installée dans son parc, avec des murs blancs, un toit rouge, des volets verts, couverte de lierre du côté du couchant, tapissée de

glycine du côté du levant, avec des nids de chardonnerets et des cheminées qui fumaient paisi-
blement.

Les enfants descendirent dans le jardin et ils
jouèrent aux barres, pendant que l'ange Ludovic,
qui n'aimait pas rester inactif, se mettait à arroser
les carrés de poireaux et les melons.

Un peu plus tard, on entendit sur la route le cla-
quement d'un fouet et le pas d'un cheval. C'était
M. et Mme Petit-Minet, qui rentraient à la maison après un séjour dans la propriété du général
Dourakine.

Ils embrassèrent très fort les enfants, qui étaient
bien contents de les retrouver. Grand-père ouvrit
les yeux quand ils rentrèrent dans la maison.

– Les enfants ont été bien sages ? demanda
Mme Petit-Minet.

– Parfaitement, répondit Grand-père.

Et il se rendormit.

Table des matières

Chapitre 1
Où il est question d'une maison très tranquille
qui s'appelle « Les Glycines » mais qu'on appelle
d'habitude « La Maison », *7*

Chapitre 2
Où il est question de quatre enfants nommés
respectivement Hermine, Éric, Jacques et Jules, *11*

Chapitre 3
Où il est question des jeux auxquels les enfants
Petit-Minet emploient leurs vacances, *15*

Chapitre 4
Où apparaît un jeune homme nommé Ludovic,
vagabond, qui jouera plus tard dans cette histoire
un rôle important, *21*

Chapitre 5
Comment les enfants furent pris de la passion
de démonter les choses, et commencement
des ennuis qu'ils en éprouvèrent, *27*

Chapitre 6
Comment les choses, en ayant assez d'être
démontées, prirent de grandes décisions, *33*

Chapitre 7
Ce qu'il advint des décisions prises par les choses,
et comment réagirent les enfants,   *39*

Chapitre 8
Qui est la suite (mais non la fin) du précédent,   *45*

Chapitre 9
Où les aventures de nos amis, qui sont pourtant
strictement vraies, commencent à prendre
un tour absolument invraisemblable,   *51*

Chapitre 10
Comment, grâce à une descente de lit ancien tapis
volant de Bagdad, on peut aller au pôle Nord
sans se mouiller les pieds (sinon sans émotions),   *65*

Chapitre 11
Ce qu'il advint de la Maison quand les enfants
se furent envolés sur le dos du tapis volant-
descente de lit,   *73*

Chapitre 12
Où tout est bien qui finit bien,   *83*

Claude Roy
L'auteur

Claude Roy est né à Paris le 28 août 1915. Il passe son enfance à Jarnac, puis revient à Paris et commence des études de droit. Pendant la guerre, il adhère à une organisation de Résistance et rencontre Aragon, Elsa Triolet, Gide et Giraudoux. À la Libération, il est l'un des intellectuels les plus connus de France.

Poète, romancier, essayiste, journaliste et voyageur, il ne considère pas qu'un écrivain doit parler aux enfants comme à des « demeurés » et parler aux adultes comme s'ils avaient assassiné en eux leur enfance. Gallimard a publié l'ensemble de son œuvre « pour grandes personnes » et Gallimard Jeunesse publie ses œuvres pour les lecteurs de 4 à 104 ans : *Le chat qui parlait malgré lui*, *Désiré Bienvenu* (Folio Junior), *La Cour de récréation*, *Farandoles et fariboles* (Enfance en poésie). Auteur « classique », puisqu'on apprend en classe ses poèmes, il est néanmoins pratiqué en récréation par ses jeunes lecteurs.

En 1985 l'académie Goncourt lui a décerné le premier prix Goncourt-Poésie et, en 1995, il a reçu le prix Guillaume Apollinaire pour l'ensemble de son œuvre.

Claude Roy est mort le 13 décembre 1997.

Georges Lemoine

L'illustrateur

Georges Lemoine est né à Rouen en 1935. En 1951, il commence ses études à Paris, dans un centre d'apprentissage de dessin d'art graphique. Dès les années 1960, il dessine ses premières illustrations pour la presse et la publicité. En 1974, à la demande de Massin et de Pierre Marchand, il réalise ses premières couvertures illustrées pour les collections Folio et Folio Junior, dont le premier numéro de Folio Junior, *La maison qui s'envole*, de Claude Roy. Depuis, il a mis en images les textes de nombreux grands auteurs tels que H. C. Andersen, Charles Dickens, Oscar Wilde, Marguerite Yourcenar, J. M. G. Le Clézio, Michel Tournier, Marcel Proust (en 2005, il a illustré somptueusement *Le Petit Marcel Proust*)… En 1980, le prix Honoré lui a été décerné pour l'ensemble de son travail de graphiste et d'illustrateur.

Découvre d'autres livres
de **Claude Roy**

dans la collection

DÉSIRÉ BIENVENU

n° 500

Il a été désiré si fort, sa naissance (légèrement miraculeuse) fut tellement bienvenue que tante Céline l'a baptisé Désiré Bienvenu. C'est un chat malin comme un singe, gai comme un pinson, amical comme un chien, et délicat comme un chat. Les chats qui font le tour du monde en compagnie d'une vieille demoiselle, ça ne court pas les routes. Les chats qui sont lauréats du prix Nobel de la paix, ce n'est pas très fréquent.

L'histoire de Désiré Bienvenu est tellement extraordinaire qu'on pourrait croire qu'elle a été inventée. Mais si vous le lui demandez, il vous dira que tout ça est vrai de vrai.

LE CHAT QUI PARLAIT MALGRÉ LUI

n° 615

Un beau matin, sans crier gare, Gaspard, le cher ami chat de Thomas, se surprend en train de parler. Il parle en prose, et même en vers. On aurait pour le moins la tête à l'envers ! En lisant l'histoire absolument vraie du chat parleur au terrible secret, on verra comment le noble Gaspard parvint à surmonter cet étrange avatar. Chat malin, chat-poète et génie des matous, modèle des amis, modèle des époux, Gaspard le beau parleur gardera-t-il son secret jusqu'au bout ?

Mise en pages : Karine Benoit

Loi n° 49-956 du 16 juillet 1949
sur les publications destinées à la jeunesse
ISBN : 978-2-07-061807-1
Numéro d'édition : 234002
Premier dépôt légal dans la même collection : mars 1977
Dépôt légal : juillet 2011
Imprimé en Espagne chez Novoprint (Barcelone)